文章の品格

林望
Hayashi Nozomu

朝日出版社

なによりも大切なものは

——まえがきに代えて

美しく着飾って、モデルのようにメイクアップもして、見た目には素晴らしい美人なのだが、それでも、ひとこと口を開いた途端に、百年の恋も冷めるということがある。それはなにも女には限らない。男だって、世の中でよく「イケメン」（考えてみれば嫌な言葉です）なんて言われている男でも、言葉遣いがひどく下品だったりすると、なまじ顔かたちが整っている分、よけいにお粗末な人間に見える。思えば、外見はそれなりに大切な要素だが、その外見だって、中身次第で、良くも悪くも見えるのだ。

人間が動物と違うのは、言葉を持っていることである。

そしてそのせっかく天から与えられた言葉という能力を、あたら疎略に扱ったのでは、きっと天罰が下るというものだ。

言葉には、話し言葉と書き言葉とあるが、品格ある文章を書く人は、すなわち上品な話し言葉を使う人である。言い換えれば、大切なのは日常の会話なのである。

そして、しかし、言葉は磨くことができる。それも毎日の積み重ね、地道な努力がものを言う。軍人勅諭ではないけれど、「言葉に品格を欠く無かりしか」と、日々に、いや、時々刻々に反省をし、意識をしていないといけない。

人が信用を克ち得るかどうかの分水嶺は、まさにこの言葉の品格にある。だからこうも言える。

曰く、「言葉は人なり」と。

されば、ゆめゆめ言葉をおろそかに考えてはいけない。いつも自分の言葉に意識して、いやしくも下品な言葉を使わぬように一心に念じつつ暮らしていくことが肝要である。

二〇〇八年初秋その日

菊籬高志堂の北窓下に

著者識す

文章の品格――目次

文章の品格

1章 文章の品格とは?

2章　極意の文章術

3章　最高のお手本

4章　古典は感動の宝庫

装幀　間村俊一

1章　文章の品格とは？

ワンランク上の文章上達術

さて、どこから話をはじめましょうか。

文章が上手に書けるようになりたい、あるいは、きちんとした文章が書きたい、というような希望はだれしもが抱くものだと思います。それで世の中には、数多くの文章作法の本や、日本語表現のテキストなどが刊行されて、あたかも、そういう本さえ読めばただちに文章が上達するような「幻想」を振りまいています。

しかしながら、正直なところ、これさえ読めば文章上達間違いなしというような本は、まあ、あり得ない。

それはなぜかというと、文章というものは、その書き手自身の心とどうしたって切り離しては考えることができないからです。そうして、ひとりひとりみな心の持ち方も違い、またそういう心を作り上げてきたバックグラウンドになる人生経験も違っている。そうすると、人々の心ごころから発するところの文章について、だれにでも万能に効く処方などあるはずはないというのが、論理的に当然の帰結だからです。

では文章はもう絶望的に上達などは望めないのか、生まれついての才能がなければ万事休すなのか、というと、それはまた違います。

たしかに、筆一本で立っていくプロの作家になろうとか、評論家としてどんどん本を出版したいとか、そのレベルまで上達することができるかどうか、といえば、それは生まれついての才能や、その才能の上に立っての非凡な勉強努力がなくてはむずかしいと言わなくてはなりません。それはちょうど、だれもがプロ野球選手や、職業音楽家にはなれないというのと同じことです。

しかしながら、音楽と同様、プロにはなれなくとも、アマチュアとして自分も楽しみ、または友人を楽しませるという程度に上達するという目標ならば、それは決して不可能ではないし、努力は無駄にもなりますまい。

これからお話しすることは、そういう意味で、「今ある自分」の文章力よりも、もう少し上を目指したい、あるいは常に向上していくにはどうしたらいいか、と そんなことについて考えてみたいということなのです。

文章の基本は「日ごろの話し言葉」にある

さてそこで、文章とはどういうふうな順序で生み出されるかということから考えてみます。

すると、まずなにか書きたいという「思い」が心のなかに萌《きざ》してくる。それが第一の着手です。もしなにも書きたいことが心のなかにないのなら、文章を書くには及びません。また、事務的書類だとか、定型的書簡のようなものはなにも文章作法にはかかわらず、ただひながたを求め来《きた》って、それを敷き写しすれば事足りるでしょう。

そこで、心のなかになにかを思ったとして、それを文章にするときには、まずだれでも、心のなかでそれを呟いてみるにちがいありません。ああ、こんなことが言いたいぞ、いや、そうじゃない、あんなことから述べてみたい、などと、あれこれ考える。

この過程では、文章はまだ星雲のようにふわふわと心のなかに浮かんでいるに過ぎません。それが文章という形になるためには、ひとまず「心のなかで語ってみる」そしてその心のなかの「一人語り」のままに文字に綴ってみる、という手順が必要になりましょう。

もし、この過程で、文章のもとになる「一人語り」の言葉そのものが貧弱であったら、それを綴った文章もまた貧弱なものになり、もしそれが下品であれば、文章もまた品下《しなくだ》るものとならざるを得ない。子供じみた言葉しか知らないとすれば、書いた文章も子供の文章になってしまうし、老いの繰り言みたいなことを書けばそのままジジムサイ文章にもなりましょう。

つまり、文章はその根のところに、各自の「話し言葉」が伏在しているはずなので、そこをよく矯正し磨かないと、必然的に文章もまた磨かれないということになります。

だから、日ごろの話し言葉こそ、もっとも大切な文章の要素だと私は考えるのです。

品格のある文章とは？

そこでなにはともあれ、まずは話し言葉でも文章でも「上品」な表現を目指したいと思います。同じことを言うのであっても、下品な文章には説得力がないからです。

たとえば、「ためぐちをきく」などということを、最近はよく申します。もともとこんな言い方は、ごく品の悪い言い方で、昔は教養ある大人は決して口にしませんでした。同じように、自転車を「チャリンコ」、学生服を「ガクラン」、一人称複数（場合によっては単数にも使う）を「ウチら」などという口語表現は、標準的な東京の言葉の位相からすると、最下層に属する下卑《げび》た言い方で、心ある人が聞けば眉をひそめるにちがいない。それが、テレビや漫画本などの影響か、このごろでは高校生あたりはだれでも平気で口にし、甚だしきはその親の大人まででが、別に悪い言葉を使っているという自覚なしに、そんなことを口にするのを耳にします。

こういう状況のなかから、品格ある文章が生まれてくるとは思えません。

したがって、まずもって大切なことは、自分がいま話している言葉が、はたして上質な言葉であるか、それとも下劣な言葉であるか、という「自覚」です。いま自分が使っているこの言い方が、はたして品格ある言い方なのか、それともいかにも感心しない下卑た言葉なのか、それをいつもいつも意識していなくてはなりません。良い言葉は一日にしては成りません。

世阿弥の「離見の見」にみる極意の表現法

かつて世阿弥《ぜあみ》は、その能楽の伝書『花鏡《かきょう》』のなかで、

「見所《けんしょ》より見る所の風姿は、我が離見《りけん》なり。然れば、我が眼の見る所は、我見《がけん》なり。離見の見にはあらず。離見の見にて見る所は、則《すなわち》、見所同心《けんしょどうしん》の見なり」

と説いています。かいつまんで言うと、これはこういうことを言っているわけです。

「観客席から見るところの自分の姿というものは、自分にとっては『向こうから見る見方＝客観的視線』である。そうすると、自分のほうから自分を見るのは『こ

っちから見る見方＝主観的な見方』である。この我見は決して客観的にものを見ているのではない。けれども我意を離れて向こう側から自分を見直してみる、それすなわち、見物人がどう見るかというところと同じはずだ」

つまりここで世阿弥が言っていることは、芸というものは、独りよがりではいけない、いま自分の演じている姿を、いちど冷静に自己を離れて、見物人から見たらどう見えるかという立場に立って見直してみるがよい、というのであります。

じつに透徹した、そして合理的なものの見方で、世阿弥はこれを能の演技について述べたのですが、ちょっと見方を変えると、なにも能のことだけでなく、表現ということ一般に押し広げて適応できる考え方だと思います。

要するに、私たちは母語として日本語を話していますね。その会話という営為のなかで、いま自分がこういうことを言ったら、それを相手が聞いてどう思うだろうか、と、そんなことはあまり意識しないで話しているにちがいありません。

母語というのは、往々にしてそういう無意識のうちに口にのぼせられるので、だからこそ母語と言ってよいのだと思います。

したがって、いまさっき私が「ためぐち」「チャリンコ」「ウチら」などという言葉を下品だと切り捨てたときに、みなさんがたのなかには、「えっ、そうなの？」と驚かれたかたもあるかもしれません。いや、そうなんです。だから、日々の会話のなかで、自分の使う言葉がどんなふうに相手に聞こえるのか、つまり世阿弥の言う「離見の見」の意識を持って言葉を使わなくてはいけないということなのです。

そうして、この意識こそが、じつは文章上達の最短の近道だということに気づいていていただきたいのです。

「話し言葉」の品格

もう少しこういう「話し言葉」の品格について、お話しします。

たとえば日本語には二人称が無い、ということをご存じでしょうか。いや、そんなことはないよ、「あなた・きみ・そなた・おまえ」いろいろあるじゃないか、と反論が聞こえそうです。

しかし、じつはこれらの「一見二人称に見える言葉」は、語源的に見れば、それぞれ「あちらにいる人、たいせつなかた、そっちのほうにいる人、目の前にいる人」とでも言うべき言葉で、英語の you のように、それ自体が二人称の代名詞として存在していた言葉ではありません。

じつは日本では古来、相手の名前を打ち付けに呼ぶのは非常に無礼なことだと考えられてきました。それは名前にはその人の魂が宿っているからで、そういう大切なものを安易に口にするのは、相手の生命を脅かすものだとさえ思われていたのです。

『万葉集』巻一、劈頭《へきとう》の歌は、あの有名な雄略《ゆうりやく》天皇の御製ですが、そこに「この岡《おか》に　菜摘《なつ》ます児《こ》　家聞かな　名告《の》らさね」というところがあるのをご存じですね。この「名を言いなさい」とあるのは、その名を聞けば天皇はこの娘の魂をわが物にすることができると信じられていたからです。

本名というものは、そのくらい大切なもので、そうやすやすと人から呼ばれては困るものでした。だからみな相手の本名などは知っていても言わないのが礼儀であったわけです。したがって、相手を呼ぶ方法が本来なく、しょうがないので、「あっちのほうの人」だの「前にいる人」だのという言い方が二人称的に用いられたのであろうと思います。ところがそういう言い方も、次第に「相手」を指す言葉だというふうに固定してくると、それもまた口にしにくくなってきます。直接ずばりと「あなたはこれ食べますか」みたいな言い方をすると、どうしても相手に対して無礼な感じがするということが避けられません。そこで、今でも、両親、祖父母、先生、長上《ちょうじょう》に対して、「あなたはこれ食べますか」みたいな聞き方は、とんでもない無礼な言い方だということになってしまうのです。

日本語に敬語というものが非常に発達したのは、まさにこのわけで、「あなたはこれ食べますか」という代わりに「これ、召し上がりますか」と、こう尊敬語を用いて言えば、それはイコール目前の長上に対しての敬意を表すことになりますから、この「召し上がりますか」の主語が「あなた」であることはただちに分かり、失礼な言い方である「あなたは」のところを省略してしまうことができる、ということになっています。

『源氏物語』などの物語類では、こういう原理が徹底していて、どの文章もほとんど主語が示されていませんが、その代わりに、幾重にも張り巡らされた敬語の使い分けによって、それがだれを主語とする文章なのか、すぐに理解できるという仕組みになっています。

品格ある文章を書くために、敬語の基本が必要

ところが、最近は、親に向かって「あなたはそう言いますけどね……」みたいな話し方をする子供が非常に増えています。親ばかりか、先生に対しても「あなた」呼ばわりすることが珍しくなくなっています。

これはおそらく、英語などに親しんだ若い人たちが、「you」と「あなた」を同義に受け取って、英語で「Do you……?」などと聞くことには、なんの失礼もないと心得、それを日本語にも応用して「あなたは……?」と疑いもせずに口にしているのかもしれません。

しかしそれはかえすがえすも悪い思案です。

以前、あるイギリスの友人に、こんなことを聞かれたことがあります。

「ハヤシさん、どうして日本人は初対面の人にでも平気で年を聞くんでしょうか。

それは私たちの基準からすると非常に無礼な行いなのですが」

それは確かにそうですが、私たちは、相手の年齢を聞くことが「失礼」だとは、ふつう思っていませんね。そこで私はこう答えました。

「そりゃね、日本語では、英語の you に当たる言葉がないんだよ。しかも『あなたは……するか？』のような言い方をすると非常に失礼で、実際には目前の目上の相手に対しては『あなた』ということは言えないんだ。だから、まず相手と自分と、どちらが年齢が上かを確認して、それによって敬語を使い分けないとどんだ失礼になることがあるからね、そういうわけなんだよ」

この説明はイギリスの友人を納得させませんでしたが、日本語にはたしかにそういう性格があることは知っておかなくてはいけません。

仮に会社に勤めている人が、その会社の社長と話しているとします。そのとき、社長さんに対して「フクダさん」のように名前で呼ぶのは、きっとためらわれるでしょう。まして「あなたは……」みたいなことを言ったら、烈火のごとく怒られるかもしれません。本名を呼ぶのも、「あなた」も、まして「君・おまえ」なんてことを社長に向かって言えるわけもありません。しょうがないので、「社長」と「肩書き」で呼びかけるしか方法がないのですね。これは、英語では、相手が社長だろうとボスだろうと、「Mr. Fukuda」のように呼びかけることも失礼にはならず、まして「Do you……?」のような聞き方もまったく無礼ではない、というのとは大違いです。

みなさんは、そういう社会に生まれてしまったのですから、どうしても、洗練された話し方をするには、上品な口語を使うためには、これらの敬語の基本くらいは知っていないといけません。

そういうことも、まず自覚しないと、上品に話すこともむずかしく、話せない以上、それを文章に表すことも困難だということになるのは当然の帰結ではありますまいか。

子どもの頃から身についた言語感覚は変えにくい

みなさんは、たいていどこかの組織に属していて、その組織のなかでも仲良しのグループなどがあるのが普通です。そういうのは「仲間」という集団で、このなかでは、ひとまず敬語などの機能は使用が停止されます。せっかく仲良くしている「気の置けない仲間同士」なのに、四角四面な敬語なんか使っているのでは水臭いということになるからです。そしてむしろゾンザイな、あるいは乱暴な言葉や、あえて下品な言葉なども、仲間うちでは使えることになっています。いや、そんなことも安心して使えればこその「仲間」なのですね。

かつて私はある有名女子高校の教師をしていたことがあります。そのとき、校内で生徒たちが使っている言葉があまりにもゾンザイなのに呆れて、ベテランの先生にそれを嘆いたことがあります。そうしたら、そのベテランの先生はこんなことを言われました。

「林さん、それはね、大丈夫なんですよ。見ていてごらんなさい、これからあの子たちを外部の社会見学などに連れていくでしょう。そうすると、ひとたび外に出て外部の人と接するときには、見違えるようにちゃんとした言葉でしゃべりますよ、彼女たち」

とそう言って微笑される。果たして、修学旅行などで見ていると、生徒たちは、仲間同士は依然としてゾンザイな口をきいていましたが、いざ見学先に行けば、見違えるように品格ある話し方をするのでした。

この事実は何を物語るでしょうか。

私の教えていたのは日本有数の一流私立高校で、生徒たちはしっかりした教養ある家庭の子女がほとんどでした。そのため、学校以前に、家庭の教育のなかで、そういう言語意識はしっかり刷り込まれていたのでしょう。しかし、学校に来れば気の置けない仲間や、自由な校風のなかで、なにを言っても叱らないリベラルで紳士的な教師たちがいる。しかも女子高で男の子はいない。こうなると、彼女たちの仲間言葉は、目も当てられないようなゾンザイなものになっていきます。

しかし、言葉というものは、子供のころから家庭で濃密に刷り込まれた原初的な部分は非常に強いので、ちょっとやそっと、あとから悪いものを吹き込まれても、そのコアのところは消えないのです。私の女子高教師としてのこの経験は、言語というものの多層的で自在なありようを学ばせてくれました。

ところが、日本語では、敬語はつねに相対的で、ＡＢＣ三人の人が居たとして、この三人の年齢、地位などを勘案しつつ、複雑な敬語を適切に使い分けなくてはいけません。しかも、そうしないと、「あなたは……？」みたいなことになって、とんだ失礼な失策をしかねないのですね。

たとえば、原則として、外部の人と話すときには、自分の会社の人間についてては上下を問わず敬語をつけない、ということになっているのですが、そういう機序も、当意即妙に使い分けるということになると結構むずかしくて、ついつい「はい、部長はもうお帰りになりました」などと外部の人に向かって言ってしまってひんしゅくを買ったりしかねないのです。

ところが、こういう体系は、家やご近所に、さまざまの年齢や階層の人々が混在している社会のなかでしか学べません。現代は、核家族化が進行し、少子化も著しくなると、家庭のなかでの人間的社会的関係も非常に単純かつ希薄になって、とくに隣人との関係も少ない都市では、ますます敬語などは体得しにくくなっています。だから、若い人たちがなかなか敬語をうまく使えないのも、ある程度しかたありません。

よい文章を書くためには話し言葉を洗練せよ！

ただ、使えないからといって、無自覚に敬語を抛擲《ほうてき》し、あるいは下品な言葉などもも意識せずに使っていると、結局そういう言葉で発想することになり、それではどうしたって格調ある文章は書けようはずもありません。

だから私はいつも言うのです。

よい文章を書こうと思ったら、まず日々の話し言葉を洗練せよ、と。まず自分の言葉がこれでいいのだろうか、という「反省」がなくてはなりません。そして反省を加えた結果として、もし自信がなかったら、周囲の大人たちのなかで、いつも正確に、また上品に話している人を見つけて、そういう人とよく話をすることです。ただ話すだけでなくて、もし自分の言葉の使い方がおかしいというようなことがあれば、忌憚《きたん》なく指摘して訂正してください、と頼んでおくといいのです。

私の育った家庭はとくに言葉にうるさくて、子供のころから、もしなにか下品なことを口にのぼせると、直ちに母の叱責を蒙《こうむ》ったものでした。私はそれによって、「あ、こんなことを言ってはいけなかったのだ」と気づかされて、だんだんと言葉を磨いてくることができました。

そしてまた、漱石、鷗外、志賀直哉などの文章を読んで心に落ち着ける、そういう経験によっても語彙《ごい》や正しい使い方を学びもしました。

そうしてなにより、いついかなる時も、話すに際しては決して下品なことを言うまいぞと意識して言葉を使うようにしてきました。そうした経験の総和が、いま作家としての私を形作り、支えてきたのだと思っています。

みなさんも、よい文章を書こうと思ったら、まず心のなかで組み立てる話し言葉を磨いていかなくてはなりません。そしてすべてはそこから、ひとりひとり成長していくほかに王道はないのだと心得なくてはなりません。

2章　極意の文章術

プロの文章はどこが違うか？

さて、それでは、素人と玄人、文章の世界での違いはどこにあるのでしょうか。みんなそれぞれ一生懸命に書いているのに、ある人の文章は、五行も読むとうんざりしてしまって、それから先に読み進める気がしない、かと思うと、べつの人の文章は、いったん読み始めたらもう止まらず、どんどん先へ先へと読みたくなってとうとう徹夜して読んでしまった、とか、そういう違いは厳然としてあります。それはどこが違うのでしょう。

たとえば、私は池波正太郎の小説が大好きです。ほんのちょっとだけ読もうと思ったが最後、どんどん引き込まれていって、気がつくと仕事もそっちのけで池波ワールドに引き込まれてしまっていた、そんな経験はだれにでもあるのではないでしょうか。

待ち伏せ

夜の闇《やみ》が、まるで冬のような冷気を含んでいた。

時刻は、五ツ半（午後九時）ごろであったろう。

いまにも雨が落ちてきそうな暗夜であった。

いま、秋山大治郎《あきやまだいじろう》は、本所《ほんじょ》の竪川《たてかわ》と深川の小名木《おなぎ》川をむすぶ六間堀《ろっけんぼり》川の南端にかかる猿子《さるこ》橋へさしかかった。

借り受けてきた提灯《ちょうちん》を右手に持ち、長さ五間《けん》、巾《はば》二間の猿子橋の中程まで来た大治郎の足が、ぴ、た、り、と止まった。

橋の向うの西たもとは、右が幕府《こうぎ》の御《お》籾蔵《もみぐら》。左は深川・元町の町家だが、いずれも表戸を閉《た》て切っている。

この道を行けば、間もなく大川《おおかわ》（隅田川《すみだ》）へ突き当る。

（はて……？）

前方の闇の底に、何やら蠢《うごめ》くものの気配が大治郎に感じられた。

（だれかが、隠れている……）

隠れている者が、蠢いた。

それは、

（私がやって来るのを見たから……）

ではないのか。

（私を、だれかが待ち伏せている……）

のではないか。

もとより秋山大治郎は〈剣客《けんかく》〉である。

そして、剣客としての過去には現在にも、自分《おのれ》の生死《しょうじ》がかかっている。

血を見ることを好まぬ大治郎でも、他の剣客の怨恨《えんこん》と憎悪《ぞうお》を、
「好むと好まざるとにかかわらず……」
我が身に背負っているはずだ。
また、何かが蠢いた。
しずかに左手で大刀の鯉口《こいぐち》を切り、大治郎は、前方に蠢くものへ向って一歩、
二歩とすすみはじめた。
そのとき、突如、後方から疾風のように迫って来た黒い影が、
「たあっ!!」
大治郎の頭上へ刃《やいば》を打ち込んだ。
ぱっ、と、大治郎の躰《からだ》が変った。
曲者《くせもの》の一刀は凄《すさ》まじい刃風《はかぜ》と共に、大治郎の面《おもて》をかすめた。
腰を引いて飛び退《しさ》った大治郎が、右手の提灯を相手に投げつけた。

曲者は提灯を刀で払いのけざま、
「親の敵《かたき》……」
と、大治郎の胴を薙《な》ぎ払ってきた。
（『剣客商売九　待ち伏せ』冒頭より）

どうでしょうか。何だか、すーっと小説の世界にひきこまれていく感じがしませんか。

ちょっとむずかしく言うと、その違いのいちばんの分水嶺は「文章が作者の手を離れているかどうか」というところにあるのです。そりゃどういうことだと、首をひねっておいでのかたもあるかもしれませんが、これはこういうことです。

よく定年退職をした人が暇ができたので自叙伝でも書こうと思い立って、つらつらと想い出を書き連ねたりすることがあります。そういう文章を、どうかすると自費出版したりして人に配ったりすることもあります。それらのなかには、おもしろいものもたまにはありますが、多くの場合はちっとも読む気が起こらない。ところが、たとえば、谷崎潤一郎が少年時代のことを書いた『幼年時代』というようなものを読んだりすると、これがじつにおもしろい。ちょっと読んでみましょう。

小学校の成績は、大概私が一番で、源ちゃんが二番であった。(後には私より優秀な子が二人出来て、私が三番になり、源ちゃんが四番になった時代もあった)源ちゃんは平均点が私に劣っていたけれども、或る学課ではずば抜けていて、大人を驚かすことがあった。彼の長所は推理力の方にあって、算術は満点であったけれども、作文はあまり上手でなく、国語の中では文法の解釈だけが得意であった。

源ちゃんの推理力については、私は二、三度感心させられたことがあった。あれは何年生の時であったか、或る日彼の家へ二、三人の友達が集って、『少年世界』か何か、子供の雑誌をひろげて見ていると、中に次のような謎々《なぞなぞ》の問題が出ていた。――義経と弁慶が安宅《あたか》の関《せき》の近所へ来ると、一人の女の子が幼児を背負って遊んでいる。弁慶がその子の傍へ寄って、お前の兄弟は何人いるかと問う。その女の子が答えて曰《いわ》く、「父の子五人、母の子五人、併《あわ》せて八人」と。弁慶にはそれが解けなかったが、義経には直ぐに解けた。その理由如何《いかん》。――すると源ちゃんは、「それは何でもないさ」と即座にいった。私たちが解答に窮していると、「それはその女の子の母親に連れ子が三人あったんだね」と、源ちゃんはいった。「父親の方に子供が三人あったところへ、母親が三人連れ子をして嫁に来たんだ。そして父親との間にまた二人子を生んだ。それで子供の数は八人だけれども、父の子は五人、母の子も五人ということになる」と、源ちゃんにそう説明されても、なお私たちは理解するのに何分かを要した。つまり源ちゃんは義経で、私たちは弁慶にされた訳であった。

ね、おもしろいでしょう。この違いは何なんだろうということを考えてみると、そこに文章の秘密が隠されているように思います。

文章というものは、どこまで行っても「自分の思い」を書くものです。自分の思いのこもらない官庁の事務書類みたいなものは、だれが読んだっておもしろくない。そうですね。ところが多くの人は、自分のことを書き始めるとついつい夢中になってしまって、ああああんなことがあったなあ、こんなこともあったなあ、あれは楽しかった、あれは嫌だった、とか非常に主観的な思いが交錯し、それをただ無批判に書き連ねるということになりがちです。

ここで大きく欠けているものは、「この文章を他人が読んだらどう思うだろうか」という視点です。

たとえば、だれでも自分の子供はかわいい。それはもう無条件な気持ちです。だからこんなにかわいい子供の写真を撮って人に見せたら、人もさぞ喜んでくれるだろう、と、そう思ってしまう人がときどきあります。それで、変り映えもしない赤ん坊の写真などを夥《おびただ》しく見せられて、そう退屈そうにもできず、さもおもしろく拝見しているふりをしつつ、その実閉口しているということが、これはわりあいによくあります。文章もそれと同じです。

だれしも自分はかわいい。なによりもかわいいのは自分だ、これは天下の真実でありましょう。したがって、その自分の人生行路をつらつらと書き連ねたら、それはだれもがおもしろく読んでくれる「はずだ」と、こう思い込むのは、ちょうど自分の子供の写真をだれにでも見せたがる無分別な親の心に似ています。

独りよがりの文章は誰も読まない

一歩さがって、もう一度その写真を見直してみたらいい。はたして、この写真は、他人が見たらおもしろいだろうか、ほんとうに人は見たがるだろうか、と「他人の立場に立って」よくよく考えてみたら、それが結局独りよがりに過ぎないということに気づくでありましょう。これが分からない人は私の意見などにおそらく耳を貸さない人です。

同じように、自分にとってどんなに大事な出来事であっても、どんなに強烈な印象の残る事件であっても、それが他人にとっておもしろいとは限りません。

ここでもあの世阿弥の「離見の見」ということを応用して考えてみたいのです。はたして、自分の書いた文章は、まったく自分のことを知らない、そして自分に対してなにも興味のない赤の他人が読んだときに、なにかおもしろいと感じることができるだろうか、と自問してみるといいのです。

今から十五年あまり前に、私が最初の著書『イギリスはおいしい』を書いていたとき、もっとも痛切に心のなかに去来していたのは、まさにこの自問でした。

たしかに自分は、イギリスでさまざまの珍しい経験をしてきた。素晴らしい人にも出会って、多くの親切を受けたりもした。またイギリスの食べ物をあれこれと食べて、おいしかった、まずかったといろいろの経験をしてきた。けれども、はたしてその「自分の経験」は、このハヤシノゾムという人間のことなどなにも知らない赤の他人に読ませたとき、その人がおもしろいと思ってくれる事柄だろうか……。

私は、信州の山荘にこもって、その処女作を書きながら、いつもそう自問しては、あまりに個人的な人間関係とか、自分という人間を知っている人でもなければおもしろいとは思えないような事柄とか、そういうところはできるだけ書かないように心がけました。

その結果、私はその『イギリスはおいしい』のなかで、自分がイギリスではなにをしていたのか（事実はロンドン大学やケンブリッジ大学の図書館で、ひたすら古書を調査研究していたのですが、そんなことはほとんどの人にはなにも興味のないことにちがいないのですから）ということを、まったく書かなかった。したがって、ハヤシノゾムという作者がどういう人間なのかはまったく不問に付したまま、ひたすらイギリスの食べ物・料理・食習慣などについて書き続けました。

そうすれば、たとえハヤシノゾムなどという人間になんの興味もない人が読んでも、やはり珍しいイギリスの食べ物や食習慣のことについては、きっとおもしろいと思ってくれるにちがいない、そういう思いがあったのです。

結果的に、この本は日本エッセイスト・クラブ賞をいただき、そして思いがけないベストセラーになりました。そうして、この見慣れない名前の作者はいったいぜんたい男か女か、年齢はいくつくらいで、どんな仕事をしている人なのか、とまるで「謎の作者現わる！」というような評判さえ立ったことでした。

でも、それで良かったのだと思っています。

読まれる文章の秘密

文章というものは、結局、自分の思い込みなどはどうでもよいことで、肝心なのは、それを読む人がどうおもしろがってくれるか、ということだからです。つまりこの『イギリスはおいしい』が成功したのは、ひとえに作者の主観を離れて、世阿弥のいわゆる「離見の見」の見方を以て自分の文章を綴っていったからだろうと、私は冷静に分析しています。

この最初の著書のなかで、私はイギリスの食物についてたくさんのことを書いていますが、その文章には「感情語」とでもいうような形容詞をほとんど使っていないことに注目してください。

うれしい、かなしい、せつない、くやしい、たのしい、おもしろい、ねたましい、いやだった、とかそういう自分の感情をナマな言葉で書き表すことは、意識的に避けています。こういう表現というものは、非常に主観的なので、仮に、自分が「うれしかった」と感じたからとて、それをそのまま「うれしかった」と書いても、それは主観を述べたに過ぎず、読者は、いったいなにがどううれしかったのか分からない。じゃあ、非常にうれしかったのだから、と思って、「非常に、すごーーーーく、うれしかった」と強調して書いたとしても、やっぱり、「ああ、この人はなんだかしらないけれど、ばかにうれしかったんだねえ」という程度のそっけない感想しか、読者は持つことができません。これが文章の主観というものです。

大切なのは、そのとき仮にあなたがうれしかったとしたら、どこでどんな経験をして、どういう経緯があって、だれがどんなことを言ったりしたりして、それがどういう結果をもたらしたか、というような具体的な事実を、感情を交えないで書いておかなくてはなりません。

それを冷静に客観的にきちんと書いておけば、読者は作者と同じ経験を文章のなかで追体験することができて、ああ、これではさぞうれしかったことだろうなあ、としみじみ思うことができる。これがつまり文章の説得力ということにつながるのです。

世阿弥のいう「離見の見」というのは、まさにこういう「あなたざまに」ものを見よ、という教えであって、文章の書き方のもっとも重要な要素だと言っていいかもしれません。

なぜなら文章というものは、自分の思いを「他人に」伝えるためのメディアであって、自分だけで感情を自得してよろこぶためのものではないからです。そしてその思いが他人に十分に伝わったとき、文章ははじめてその存在理由を持ったということになるのです。

　ここを、みなさんは決して忘れてはなりません。

『イギリスはおいしい』が多くの人に読まれた理由

『イギリスはおいしい』のなかで、私が大英博物館の食堂で食べたラタトゥイユのまずさを描写した文章があります。ちょっと例としてごらんください。

「ともあれ、その少し水気の少ない胡瓜《きゅうり》のような野菜（＊注、これはズッキーニのこと）を、まず委細構わずブツ切りにする。そして、多少油いためにしてから腰が抜けるくらい長い時間グツグツと煮る。玉葱《たまねぎ》の微塵切りとトマト・ニンニクなどを放り込んで、ブイヨンキューブくらい入れるのであろうか、ろくに塩も入れずに、形がへたって緑の色がすっかり抜け、口に入れるとグニャッと崩れるくらい煮込むのである。と、そういう代物を出来るだけまずまずしく想像してみて頂きたい。それが、私があの日大英博物館で口にした料理である」

どうでしょうか。ここで私は、読者がそのまずさを共有できるように、極めて客観的な筆致で、そのまずまずしい料理を「描写」していますね。こうすることによって、読者は、ハヤシノゾムがだれであるか、どう感じたか、なんてことにはいっさいお構いなく、ただそのまずまずしい料理そのものを思い浮かべて、「うひゃ〜、まずそう〜！」とか思いつつ、十分に楽しむことができる、とそういうメカニズムになっています。

つまり、談話でも、ひたすら自分のことばかり話し続ける人と話していると、こっちはぐったりと疲れてしまいますね。でも、自分のことはあまり話さずに、共通の話題とか相手の興味あることを話題にして会話できる人とだったら、いくらでも楽しく話に打ち興じることができる。その結果として、かえってその人の人柄もよく分かる、という皮肉な現実があります。文章もまたそういう談話のコツと同じところがあるのです。

説得力ある文章を書くコツ

ここでちょっと観点を変えて、いったいどういうツールを使って文章を書くか、ということから、説得力ある文章の書き方を考えてみましょう。

この十年、文章をめぐる環境はすっかり変わり、今ではコンピュータを使って書くというのが当たり前、昔ながらに原稿用紙にペン書きなんて人のほうが特別に旧弊な人という感じになってきました。

そこで、ここではまずコンピュータ書記を前提にして考えてみましょう。なかには、手書きのほうが心がこもっていて説得力があると思っている人もいるかもしれませんが、それはたぶん誤解だろうと思います。

仮に、とっても字の下手な人がいたとする。そうすると、この人は、自分が悪筆であるのにコンプレックスを抱いていたりして、結果的についつい筆無精になるかもしれない。

あるいは、心のなかの思いが山のようにあって、それをどんどん書いたらひどく書きなぐりになってしまって、非常に読みにくい手紙になった、なんてこともきっとあるにちがいない。

たとえばまた、アメリカ人は手書きというものを好まず、私信でも昔からタイプ打ちで送ってくるのが普通でしたが、だからといってそのタイプされた手紙には心がこもっていないなんてだれも思わなかったであろうと思います。

要するにこれは「慣れ」の問題です。現に今の若い人たちは、ほんとうに筆無精になって、手書きの手紙などはほとんど書かなくなってしまいました。それで、たいていの用事や、ときには恋の想いにいたるまで、平気で携帯メールの形でやりとりしているのではありませんか。けれどもだからといって想いが伝わらないということがあるでしょうか。むしろ逆に、彼らにとっては、それがもっとも親密な心を通わせる手段になっているかもしれません。

というわけですから、今どきコンピュータで書いたら失礼だろうとか、そんなことを思う必要はありません。どんどんコンピュータで書くことにしましょう。

ただしその場合、いくつか注意しておきたいことがあります。

まず最初に、せっかくコンピュータで書くのですから、その出来上がりの形……言い換えれば文書のデザインとレイアウトということに心を込めたほうがよろしい。

もしそれが、文集とか単行本とか、すでに何字×何行とレイアウトの決まっている文章だったら、最初から行字数を合わせて、できるだけ出来上がりに近い書式を用いて書いていくのが順当なやりかたです。

なかにはコンピュータで書くのに、わざわざ「原稿用紙設定」なんてのにしてバラバラに字が散らばったような文書を書く人もありますが、あれはナンセンスです。コンピュータでの書記は、できるだけ「出来上がり」に近い形で書いていくと、推敲も容易だし、あとで原稿の整斉《せいせい》などをしなくて済みますから、そのほうがずっと合理的です。

要領のよい文章の構成とは？

さてそうやって、コンピュータに適切な書式を設定し、いよいよ書く準備万端ということになった、とここで考えなくてはいけないのが、「文章の構成」です。どんな文章もいきあたりばったりで書いていっては、そりやうまくいかない。それよりも、前もって文章全体の主題やら構成、また織り込むトピックなどを考えておいて、その要点となるような事柄を「キーワード」として真っ先に入力画面に書いておくという方法を私はお勧めします。

私の場合、まず「なにについて書くか」ということ、つまりは主題を決める。それから、それを「どういうふうに書くか」ということを前もってよく考える。と、この「書き始める前」のところの、脳味噌のなかの作業に十分の注意と時間を投入します。

そして、まずＡという事柄から説き起こして、次にちょっと視点を変えてＢについて述べて、最後にＣの例を挙げて締めくくる、というような概ねの構造を決めてしまいます。そして、目前の入力画面に、まずは「Ａ―Ｂ―Ｃ」と三つの事柄を二、三単語くらいのキーワードとして書いてしまいます。

あとはちょっと気の利いた「書き出し」の表現、いいかえれば、人の注意を引いて「読んでみようかな」という気を起こさせるような書き出しを工夫して筆を下ろします。それからは、このＡＢＣ三つのキーワードを睨みながら、あたかも飛行機が航路上のビーコン（航路標識）を辿って目的地まで飛んでいくように、一つ一つキーワードを拾いながら最後まで書いていきます。

この際、文章の長さは必ずしも目標の枚数に合致しなくてもいいのです。ともかく自分が「これとこれは是非書いておきたい」と思うことは、極力落とさずに書いておくようにしましょう。

推敲はコンピュータが最適

さて、そこからが大切です。

コンピュータ書記最大のメリットは、ともかく自在に推敲ができるということです。なので、ひとまず文章を書き終わったら、第一次推敲として、コンピュータの画面を睨みながらせいぜい修訂を加えます。

誤字（誤変換）がないかどうか、文章の首尾がちゃんと対応しているか。……

たとえば、文章の途中で主語が入れ替わってしまっていないか、など文章がねじれたりしていないことをよく確認しなくてはなりません。またデス・マス調とダ・デアル調が無自覚に混在していないかどうか（この私の文章のように、意識的に混在させるという方法もあるので、ここではそういう自覚なしにケアレスミスとして両体の混在が起こるということのみを問題としています）。あるいは「……で、……で」などと同じことばを繰り返して使っていないか。そういうさまざまな視点から自分の文章を点検して、さらに、最初の目標とした枚数にぴたりともっていくように、調整します。

最初の段階では、あれもこれもと欲張って書いておくのがいいと思います。が、たとえば十枚の文章を書こうと思ったときに、気にせずに欲張って書いていたらなんと十五枚にもなってしまった、とします。そうしたら、次にはこの十五枚の草稿を、削って削って、ともかく冗長な表現は切り詰め、重複は除去し、改行も調整し、というふうにしてなんとかかんとか十枚にまとめ上げるようにするのです。

そうすると、文章に無駄がなくなって、最初の草稿よりもきっと引き締まった文章になってくる。これが紙にペンで書いていたころは、そう自由自在に推敲することもできませんでしたが、今ではコンピュータでいくらでも、何度でも訂補することができます。

このコンピュータ的メリットを最大限に活かして徹底的に推敲するということが重要なポイントです。なににもせよ、書きなぐりの文章ってのがもっともいけません。

文章を仕上げる前の必須作業とは？

ところが人間の意識ってものは不完全なもので、どんなに注意深く画面で推敲・

校正しても、どういうものか誤変換などはどうしても残ってしまいます。ところがそれを一度プリントアウトしてから､紙の上に固着した文字という形で見ると、色々な間違いに気づくものです。いってみれば、執筆↓入稿↓校正↓完成という出版と同じ手順を自分で踏んで、出来上がりの完成度が高くなるように図ったらよろしい。

このとき注意しなくてはいけないのは、どうしても自分の書いたものは「かわいい」もので、なかなか切り捨て難いということです。でも、そこを心を鬼にして、それこそ「離見の見」と、大勇猛心を発揮して、ともかく読者に分かりやすく、誤解されないように、と心がけて、せっせと推敲する。

それができないで、自己満足的に自分の書いたことに陶酔などしていると、最悪の文章になってしまいます。そこには離見の見がないからです。

堪え難きを堪え忍び難きを忍んで、自分の書いた文章を自己批判しつつ切り詰めていく、そういう作業は説得力ある文章を書くためには必須の作業なのです。未練と独善がもっともいけないことで、これはちょっと恋心の機微に通うところがありますね。

いや、文章を書くというのは、読者に対して自分の心を届けるという営為ですから、本質的に恋と通うところがあるのです。成就する恋が、相手を思う冷静さに裏打ちされているのと反対に、主観だけで反省のない恋は、ストーカーになってしまう、そんなことも引き合わせて考えることができましょう。

まずは冷静に緻密に、誤り無きを期し、客観性を保つ、そこに説得力ある文章が生まれるのだと、よくよく得心しておかれるのがよろしかろうと思います。

3章　最高のお手本

お手本を見つけ、文章の呼吸を知る

文章に限らず、どんな世界でも独創ということはとても大切なことです。だれが書いても同じような、いわゆるステレオタイプ（紋切り型）の文章では、読者はすっかり退屈してしまいます。

それは読んでもらえない文章の代表株です。

といって、では「独創的な文章を書きなさい」と言われて、だれもがすらすらと書けるかといえば、それはきっと相当にむずかしいことにちがいないとも思います。

この点、絵の勉強をする画学生たちが、その修業のプロセスで、名画の模写ということをさかんにするという事実は、非常に示唆的です。

ほんらい絵などはもっとも独創的であるべき分野ですが、その独創のためには模写をしなくてはならない、という、一種の逆説的真実に注目してみたいのです。

私は、かつて小学校高学年相手の受験塾の先生をしていたことがあります。このとき、私は生徒たちに一つの課題を課しました。

それは、ともかく毎日欠かさずに、新聞第一面下のコラム（たとえば朝日新聞だったら「天声人語」）を、一字一句間違わないように筆写してくること、という宿題でした。

どうして受験の小学生に、こんなことを課したのかというと、おそらく小学生ではまだ文章というものの「呼吸」、たとえば適切な句読点の打ち方とか、文章の書き出しや締めくくりの大切さとか、起承転結というような進めかたとか、そういうことどもが分かっていないだろうと思ったからです。その呼吸が分からないと、文章の味わいも感得しにくく、したがって文章を書くときにも、どう書いたらいいか迷ってしまうだろうと、そう考えたのです。

そこを、こうした濃縮された短文を毎日毎日写しているうちには、文章の呼吸が摑めてきて、きっとおもしろさも感じてくるにちがいない。いっぽうで、ああいうところは大人向けの欄だから、それなりに高級な社会ネタも扱うだろう、すると、社会の勉強にもなり、またなによりも漢字の使い方が自然と身にしみてくるにちがいないと期待したのです。

この試みは今でも正しかったと信じています。

書き慣れない人にとって、文章の呼吸というものは、非常に摑みにくいものです。それを独自の工夫で会得せよというのはずいぶん酷な要望のように思います。もしそんなことが易々とできるものなら、みんなだれもが作家になれるという理屈になるのですが、事実は、そんなわけはありません。

むしろ、ふつうの人にとっては、なにかお手本になる「ひながた」があって、それをせっせと真似て書いているうちに、次第に、かつ自然と、お手本を離れた自分独自の色合いができてくる、とそれが、より「ありうる筋書き」ではないでしょうか。

好きな作家の作品を筆写すると、文章の秘義がわかる

戦前の教育のなかでは、作文はそういう「お手本を真似る」ということが基本になっていました。このことは「往来物」と呼ばれた手紙のお手本集が、江戸時代の寺子屋の基本テキストであったというような昔からずっと続いていた、日本の古き良き伝統でした。

ところが特に戦後になると、そういうお手本を真似るような没個性的方法はいけないというので、ともかく「見た通り思った通りを素直に書きなさい」というのが作文教育の基本理念になっていきました。これには、国分一太郎《こくぶんいちたろう》らの指導し

た「生活綴り方」の考えが色濃く反映しているのであろうと思います。

しかし実際にはそれで、なにをどう書いたらいいか分からなくて途方にくれていた生徒もたくさんいたのです。

そこで私は、文章を綴るということの、王道的練習として、「自分にとってのアイドル作家の文章を真似る」ということから始めよう、と提案したいと思っています。

だれでも、日ごろからよく読む大好きな作家の一人や二人はいるだろうと思います。

ここでは、なにか作文用のお手本なんて無味乾燥なものではなくて、各自が自由に自分の好きな作家の文章を選んで、それを真似て書いてみるということを試みてみたいと思います。

しかもその第一着手としては、まず丸写しです。

それは赤川次郎でも池波正太郎でも、あるいは三島由紀夫でもだれでもいいのです。ああ、この作品はおもしろいなあと思ったら、まずなにはともあれ、その作品を丸写ししてしまいましょう。

このとき、注意しなくてはいけないことは、一字一句ちがわないように、句読点とか、漢字と仮名の使い分けとか、送り仮名の送り方とか、すべてに気を配って、念入りに筆写するということ、しかもそれを、毎日少しずつでいいから、ずっと続けてみるといいと思います。

どうしてそんなに細かなことまで気配りをしなくてはいけないかというと、じつは文章というものには、無限の変異があって、同じことを書くのにも、どういう漢字を使うか、あるいはどこでどういうふうに句読点をつけるか、というその一々に、それぞれの作家の文章の味わいのようなものが隠されているからです。

それをなおざりにして、自己流に崩したものを書いていては何の修練にもなりません。ゾンザイに書くのではなくて、神経細やかに筆写することによって、そういう文章の秘義のようなことが自然に頭に入ってきます。

私の文章修業法

私の文章修業のことをちょっと述べますと、昔、まだ大学生大学院生の時分には、私は森鷗外の文章が理想の境地のように思っていました。

そこで、学術論文を書くのに、鷗外の『渋江《しぶえ》抽斎《ちゅうさい》』のような佶屈《きっくつ》晦渋《かいじゅう》なる文章を模倣して書いたものでした。これは私の書誌学の師匠阿部隆一先生の影響もあるかもしれません。阿部先生はまた、若いころから鷗外に私淑して、文章のお手本として鷗外を真似たと言っておられたのを記憶しています。

その鷗外に学んだ阿部先生の文章も見事なもので、まさに文雅馥郁《ふくいく》たるものがあり、私は鷗外だけでなく、阿部先生の文章にもおおいに学んだ覚えがあります。

そこから私の文章は出発したのですが、そのころ東工大教授であった私の父、林雄二郎のところへ、さまざまな雑誌から随筆の依頼などが到来しました。

そういうとき父は私にこの依頼状を渡して代筆の機会を与えてくれたものでした。私はさっそく父の文体をよくよく研究してこれを極力模倣しつつ、ずいぶんたくさんの随筆を（父の名前で）書きつづったものでした。

この経験は、私に、鷗外流とは正反対の、平明で読みやすい文体というベクトルを教えてくれました。父はあまり漢字を多用せず、とても平明で分かりやすい、ごく普通の言葉で文章を書く人でした。

やがてエッセイを書き始めることになったとき、私はいったいどういう文体が適切であろうかと、そこに頭を悩ましました。鷗外流ではむずかし過ぎる、といって父の文体の真似をしてもあまりおもしろいとも思えない。

そこで私の脳裏にいつも去来していたのは、二人の先行作家でした。

一人は北杜夫。もう一人は伊丹十三です。

二人ともユーモアとウイットに富んだ、そして豊富な知識を底に秘めたインテリジェンス溢れる文章を書く作家たちでありました。私は、高校生のころからこの二人の作家が大好きで、よくあれこれと読んでおりました。

そこで、この二人の先輩の文章の真似をして書くことにしたのです。どこが真似であるかは、おそらくこの二人の作品をお読みになったかたなら、すぐに領得《りょうとく》できましょう。

考えてみれば、鷗外だって漢文脈というお手本があったのだし、漱石には江戸の戯作の文体が濃厚に影響しています。近代口語文学のいわゆる言文一致の先駆けであった二葉亭四迷の作品の文体は、当時最高の噺家《はなしか》であった三遊亭円朝の語り口を模倣したものだとも言われています。

そういうふうに、既存の大作家でも、出発のところではなにか「お手本」になった作家なり作品なりがあったに間違いないのです。

だから、自分の大好きな作家の文体をお手本として真似るということは、少しも恥ずかしいことでなく、また咎《とが》められるべきことでもありません。

こうした真似から入っていくと、たとえば句読点の打ち方とか、漢字と仮名の使い分けなど、基本的なところが非常に腑に落ちてきます。そうなればしめたものです。

仮名、漢字の使い分けを体得するには?

文章というものは、漢字を多く使って書けば文字面が黒っぽくなり、それだけ文章が重くなってきます。また古めかしい感じも現われて来ましょう。

しかし、反対になにもかも平仮名に開いてしまって、漢字はほんの少々というような配合では、こんどは子供の作文めいてきて、文章が軽々しくなる。そうなるとまた人は読んでくれないものなのです。

したがって、どこまでを漢字にして、どこからを平仮名に開くか、言い換えればどのくらい黒っぽい、または白っぽい文章にするか、そういうことは先輩の文章を筆写しているうちに自然と案配が分かってきます。

が、そういうことは時代の風ということによっても変ってくるので、これが標準、というような一線があるわけではありません。あくまでも書き手の裁量に任されているところが大きいのです。

現代では、文章をできるだけ白っぽく書くのが主流で、とくに〝携帯小説〟などに代表される現代的作品になるほど文章は白っぽくなる傾向が顕著です。

その種の現代作品は、もともと携帯メールとかネット上とかで書かれ、享受されてきたものなので、本質的に漢字は最低限で、あとは平仮名カタカナに絵記号というような世界なのです。

私の場合も、このどこまで漢字を使うか、というのは微妙で難しい問題として残っています。

たとえば「いっぽう」という言葉。

これを、

「いっぽう、私は違う考えをもっていた」

というように副詞的に使う場合と、

「彼は一方の総大将であった」

というように単純な名詞として用いる場合とでは、どうもちょっと意識が違ってきます。私としては、前者の場合はやっぱり平仮名で書いたほうがしっくりくるし、後者だったら、やはり漢字のほうが適切に思える。

同じようなものの例として、

「……したとき」と「時をはかる」

「いっさい知らない」と「一切合財」

「ところで」と「こんな所に」

「そうとうにひどい」と「百円相当」

「じつは、知らなかった」と「実《じつ》がない」

「……にちがいない」と「大きな違いだ」

「ふつう文節で切ったりはしない」と「普通郵便」

「いや、あれにはしょうじき閉口した」と「正直な人」

のように、本来は同じ語なのだけれど、でも文脈によって仮名で書くときと、漢字で書くときを使い分けるというようなものも、じつはたくさんあります。

概してのところを言えば、副詞的、接続詞的、形容詞的な使い方のときは平仮名に開き、単純な名詞、動詞として用いるときは漢字にする、という傾向があるけれど、それも時によって一定してはいません。

こういうことは、書き手によって各自独特のスタイルがあるので、それこそ自分のアイドル作家の文章を筆写してみれば、なるほどこういうふうに使い分けるのか、ということが納得されるだろうと思います。

句読点のつけ方のヒント

また、句読点のつけ方というのも、じつは決まっているようで決まっていないものです。

概して、コンピュータで文章を書いていると、手で紙に書くときより句読点が多くなりやすいので、ちょっと注意が必要です。

これは、おそらくコンピュータで書く場合は、手書きのときと違って、「キーボード入力↓変換↓表示確定」という手順が介在することが影響するのではないかと私は思っています。この「変換」を、多くの人は文節の切れ目で行います。

母語の場合無意識にそうするのが自然な発想なのですね。手書きで書くときは、ふつう文節で切って書くなんて手順は存在しないので、これはたしかにコンピュータ書記独特の問題点かと思います。

ところが、この文節の切れ目で変換をするときに、ついつい読点「、」を打ってしまうという人が、じつはそうとうに多い。いや、かく言う私自身も、コンピュータで書くようになってから、とかく読点を打ち過ぎる傾向が出てきましたから、今ではざっと入力をしたあとの推敲のときに、この点の見直しをして、ずいぶんたくさんの読点を除去しています。

この読点の打ち方もなかなか微妙です。

たとえば、

「そのときのみんなのあきれた顔を忘れることはできません」

というような文章があったとすると、これをこのようにずらずら仮名続きの形で書いておくと、やっぱり直観的に意味が取りにくい。

そこで、

「そのときの、みんなの呆れた顔を忘れることはできません」

というように、読点を一つ挿入しつつ、「呆れた」を漢字にすることによって、はるかに読みやすくなる、ということが分かります。だから、「アキレル」という動詞はつねに平仮名で「あきれる」と書き、あまり使わない漢字である「呆れる」は避ける、というような原則を立てて、かたくなにこれを墨守するという必要もないのだと、私は思っています。

改行の正しいしかた

改行のしかた、などということも、文章のスタイルの大きな要素です。

ところが、これについては、職業作家の文章とアマチュアの文章とは違ったところがあるのが普通です。というのは職業作家は、ふつう原稿用紙一枚いくらという原稿料で注文を受けて書きます。

そうすると、できるだけ改行を多くして、ページを白っぽくなるように書いておくと、それだけ書く文字は少なくて同じ原稿料を稼げることになるので、いきおい必要のないところまですべて改行を入れるという傾向が著しく、これは必ずしも文章作法としては正統的な行き方とも思えません。

やはりほんとうのほんとうを言えば、改行というのは文脈の流れのなかで、ちょっと話題を転換して息を改めるとでもいうか、そういう意味上のまとまりごとに一度改行を入れるというのが正しいのであろうと思います。

ただそういう原則でやると、今日の趨勢《すうせい》からみればずいぶん黒っぽい、文字の詰まった版面《はんづら》になるので、読者にしてみると、何だか重くて読みにくいという印象になるのが避けられません。

これはまるで改行を入れないことの多い谷崎潤一郎だとか、明治の文豪たちの文章と、近年の少女小説などのスカスカの版面を比べてみるとすぐ分かるところだろうと思います。

ですから、現今の意識に合わせて、ある程度は改行を多くしつつ、しかし、毎文改行というようなことにはならないように留意して書くというのが、まずまずの正解かと考えています。が、これもほんとうにそれぞれの筆者の好みの問題でもあるので、一概にどれが正解だとも言えないところがあります。

文章表現の原点は、裸の自分を知るところにある

文章は一つの文が短いほうが読みやすい、と言う人もいます。たとえば落合信彦のノンフィクション作品の文体だとか、一昔前に流行した大藪春彦のハードボイルド小説の文体などは、まさにそういう短文の畳み重ねというスタイルで書か

れています。

このスタイルは、非常に快速に文章が運んでいくのが特色で、それだけ読者のほうでも快速に読み進めることができます。したがって、ノンフィクションだとかハードボイルド小説などには好適のスタイルかもしれません。

しかし、つねにそれが正しい態度だとも思えません。

あえて一文を長くして、適切に接続詞などを用いることで、ゆったりとした、奥行きある感じを持たせることができるのがまた文章というものの「味」でもあるのです。

といって、あまり複雑な、あの平安朝の物語文学みたいな文章ともなるとこれは読むのに骨が折れますから、そこは適切に切らなくてはいけませんが、それもまた、内容により、作者の好尚《こうしょう》により、一定しないというのがほんとうのところであろうと思います。

文章というものには、要するに一定の規範というようなものはあまり想定することができず、それぞれの人の考え次第で、いくつも多種多様の規範原則が併存すると言ったほうが正しい考え方かもしれません。

「文は人なり」という諺《ことわざ》があります。

たしかに、文章を読めば、その作者が男か女か、年齢はいくつくらいか、あるいは、教養の程度はどうであるか、素直な発想をする人か、それともひねくれたものの考え方をする人か、など、たいてい分かるものです。

ですから、文章を書いてそれを公にするということは、ある意味で自分を裸で人前に曝《さら》すという覚悟がなくてはなりません。

もし実際の自分以上のものに見せたいと思って、背伸びして書いたとすると、文章は正直で、どうしてもその背伸びが見え透いてしまいます。

たとえば、言葉の教養が不十分で敬語の使い方がよく分からないというような場合に、背伸びしてそれを使うとついつい余計なところにまで敬語をつけてしまって、かえって失礼で下世話な感じになってしまう、そんな失敗はよくあることです。

そういうことを矯正するためにも、世の中で認められている作家で、なおかつ自分の憧れの人の文章を、せっせと継続的に筆写するというようなことを通じて、その文章の魂を自分の心に落ち着けるようにしたらいいのだと思っています。そうやって模倣していると、いつのまにか、いろいろな言葉の使い方が身に付いたという経験も、きっとすることがあるだろうと思います。

そうして、もっとも大切なことは、そういう地道な努力の背後に、いつも「ありのままの自分」を認めて、そこから発想するという意識がなくてはならないということです。知ったかぶりや、妙なうんちく三昧《ざんまい》や、背伸びしたわざとらしい言い回しや、使い慣れない漢字の多用や、そういうことはすべて文章にとってののっぴきならぬ瑕瑾《きず》であるということに、思いを致さなくてはなりません。

まずは自分を認めて、つまり自己受容をするところから始めて、一歩一歩、憧れの作家に近づいていくように、諦めず努力するということ、文章の上達法は、たぶんそれしかないのではないかと私は思うのです。

4章　古典は感動の宝庫

古典はとにかくおもしろい

もっともっと古典教育を重視したほうがよい、と私はむかしから思っています。極論すれば、私は国語という科目は、古典だけ教えればよいのではないかというくらいに思うのです。

そもそも、古典がなぜ何百年、あるいは千年以上もの長い時間生き残ってきたのか、そこのところから考えてみなくてはいけません。

仮にそれがまるっきりつまらない、そしてなんの志もないような低俗な作品であったら、おそらくたちまち廃《すた》って忘れられた存在になってしまうにちがいありません。つまり、こんにち「古典」となって数百年の年月を生き抜いてきたのは、ひとえにそれが「おもしろい」からにちがいありません。

その「おもしろい」というなかには、単純にユーモラスでおもしろいというものもあるし、いろいろ含蓄の深いことを述べてあって興趣尽きないというものもありましょう。あるいは諸国の珍しい世間話などが集めてあって興味津々という意味のおもしろさもありましょう。

というふうに、そのおもしろさは硬軟さまざまだとしても、必ずや、なにらかの意味でおもしろいと思った読者がたくさんいたからこそ、そしてどの時代にも尽きせず喜ばれ続けたからこそ、古典文学として残ってきたのです。ここを忘れてはなりません。

だから、たとえば高校の授業で古典文学を読むということの意義は、まさにこの古典が古典たりえた所以《ゆえん》、すなわちその「おもしろさ」を十全に生徒たちに伝えるということでなくてはならないだろうと思います。

それなのに、作品のおもしろさなんかそっちのけで、本文の脇に妙な傍線など引いて、「主語―述語―修飾語―被修飾語」だとか、「サ変・未然、カ行下二・連体」

だのと殺風景なことどもをあれこれ書き入れたり、そんなことばかりやっているとしたら、それはほんとうに索漠たるものにちがいありません。

少なくとも、私は高校時代に、そういう無味乾燥な古典教育を、うんざりした思いで受けていました。思えば、あれはもったいないことだったと思います。あの時間をもっとおもしろく、有益に使ってくれたら、あの頭脳の柔軟な時代に、古典のエッセンスをおもしろく語りかけてくれたら、おそらくもっとはるかに古典への興味が増していたにちがいなかったという気がするのです。

若い人が古典に親しまないというのは、考えてみれば、この日本という国にとっては、非常に大きな損失です。その分、彼らが、日本人としてのアイデンティティを見失ってしまうからです。

このごろの若いものは、などと嘆く前に、まずやらなくてはいけないことは、この世界に誇るべき古典文学の実りを、若い人たちにもっと興味深く伝達する努力をすることではないかと思います。

映画の名場面を見るように古典を読む

ところで、ちょっと考えてみてください。「古典」として残ってきた作品が、何百年間も「おもしろい」と思われ続けてきたのはなぜでしょうか。

すこしでも時代が違えば、考え方も生活環境も、なにもかも違っているから、同じ思いを共有することなんかできないのではないか、とそんなふうに思っている人も、もしかしたらたくさんいるかもしれません。

でも、たとえば、『徒然草』のなかで、兼好法師は次のように述べています。

「ひとり燈《ともしび》のもとに文をひろげて、見ぬ世の人を友とするぞ、こよなう慰《なぐさ》むわざなる」

静かな夜に、独り灯をともしてその明かりで本を読む、そうすると、その本の作者や登場人物はまったく見たこともない世の人だけれど、そういう昔の人たちを友とするような心地がして、ゆったりと心なぐさめられるなあ、とそういう感慨を漏らしているわけです。

私は今まで、古典文学をたくさん読んできましたが、そのどれを読んでも、一行また一行と読み味わっていくにつれて、それらの文学のなかに書かれている世界が、なんだか映画の場面でも見るように、脳裏に思い浮かんできて、そのなかで主人公たちが、生き生きと動き出すのを感じました。

いや、文字をただ文字として読むのでなくて、そういうふうに、文字で書かれたことを立体的なイメージに変換して思い浮かべながら読むと、これが俄然おもしろくなってくる、ということなのです。

たとえば『源氏物語』などは今から千年ほども前に書かれたものであり、なおかつ、京都の宮廷を舞台にする話であり、つまり時代も場所も身分もなにもかも今の自分とは違っているのに、にもかかわらず、そこに登場してくる光源氏や頭中将《とうのちゅうじょう》や、葵上《あおいのうえ》や六条御息所《ろくじょうのみやすどころ》や、紫上や女三宮《おんなさんのみや》や、柏木や薫や……さまざまの登場人物の気持ちを、ありありと感じることができます。それはまるで優れた現代小説を読む心地、あるいは上等の映画を見るときのおもしろさに似ています。

それはどうしてなのでしょうか。

あるいは『平家物語』、これも鎌倉時代にできた物語ですから、遥かな昔です。しかし、そこに描かれている、たとえば平宗盛とその息子たちとの今生の別れの場面など読むと、あまりにかわいそうな親子の情愛に、非常に身につまされます。あるいは平忠度《ただのり》が一旦都を落ちかけて、しかし、ごく僅かの手勢のみをつれて駆け戻ってくる。そうして藤原俊成の邸に訪ねてきて今生の別れを告げ、もし勅撰集を選ぶ時があったら、このなかから一首でも採用していただきたいという願いを込めて、一巻の巻物を俊成に託して去る、その潔い別離の場面など、非常にすがすがしい文章で、ここも何度読んでも目頭が熱くなります。

これまた、どうしてなのでしょうか。

人間の感情というものは、その時々で変化するものと、どう時代や身分が変っても決して変らないものと、両方あります。

たとえば、男女が魅かれあって愛し合う、そういう恋の気持ちなどというものは、昔も今も「変らないもの」の代表です。どんな時代でも、どんな身分でも、やっぱり人を恋しく思う気持ちには、変りがありませんね。そしてそれは、貴賤《きせん》都鄙老若男女だれの身の上にも覚えのあることにちがいないのです。

あるいは、親子が無理やり別れなくてはいけないというような場合の、その悲しみ、また死んだと思っていた我が子に巡り合ったときの親の喜びとか、そういう感情もまた、決して変るものではありません。

だから、恋の想いや、親子の情愛や、逆に恋人と引き裂かれたり、子を殺されたりしたときの恨みや苦しみなどという感情もまた、だれの身にも共通するものだといって間違いありますまい。

古典が「おもしろい」のは、まさにこの「変らない」感情が人間にはあるからです。

古典こそ、まさに「生きた文学」

とくに、日本文学というのは、大昔から江戸時代に至るまで、つねに一貫したテーマを見つめ続けてきたのであって、そのことには全くブレがありませんでした。

その一貫したテーマとはなんでしょうか。

それが「恋」でした。男が女を恋する。女が男を愛する。愛し合った男女が別れる、別れた男女が再会する、愛する人に逢えない苦しみ、かつては愛された人がだんだんと冷めて去っていく悲しさ、そういう恋の想いのあれこれは、日本文学を、大昔から今に至るまで、ずっと支え続けてきた一大テーマでありました。

そして、それは現代だってまるで変りません。恋の想いがすっかり無くなってしまうなどということは、これから先もあるでしょうか。それはありえない。

そこで、たとえば『平家物語』のような軍記物であっても、そのなかには、祇王・佛御前と清盛、小宰相局《こざいしょうのつぼね》と通盛《みちもり》、維盛《これもり》と北の方、重衡《しげひら》と北の方大納言佐《だいなごんのすけ》殿《どの》・宮中のさる女房・池田宿の千手《せんじゅ》、義経と静御前、義仲と巴御前、などなど、幾多の恋物語が挿入されて、この物語を圧倒的にあわれ深いものにしていることに注意しなくてはいけません。

ところが、『平家物語』が教科書に載るとき、たいていは宇治川の合戦だとか、壇ノ浦、那須与一、あるいは祇園精舎の冒頭のところだとか、非常に偏った抜き出しかたになっているのは『平家物語』のために、ほんとうに残念なことです。合戦の場面にはもちろんそれなりのおもしろさがあるとはいうものの、現代の読者、特に若い人たちからすれば、平安末期の合戦などはまったく別世界のこととしか思えないはずなので、文学として心の奥底に訴える力は恋の想いや親子の情愛といったことに比べれば、ずっと弱いにちがいないと思うのです。

おおかた、若い人たちは日夜恋の想いに悶々としているのではありませんか。だから、そういう恋の悩みは、なにも君一人の問題ではないんだよ、大昔からこうやって、貴族であろうと武士であろうと、みんな同じ想いに苦悩してきたんだよ、ということを古典を通して知るならば、ああ昔の人も俺たち私たちとちょっとも変らなかったんだなあと得心して、そこになつかしいうれしい気持ちが感じられるものなのです。

そうすれば、古典は決して遠い絵空事ではなくて、今の自分たちに直接繋《つな》がってくる生き生きとした文学なのだということを思い知ることができましょう。

そこに、日本人と生まれて日本の豊かな古典文学の世界を渉猟できることのうれしさ、言い換えると愛国心のようなものが醸成されてまいります。

それなのに、こんなに素晴らしい古典の世界を、あたかも外国語を翻訳するのにも似た唐変木《とうへんぼく》なやりかたで教えているということは、つまり、美しい古典を台無しにしているということです。

私にはそれがどうしても残念でなりません。

古典は外国文学ではありません。同じ日本人によって、日本人の母語で書かれた文学です。同じ血の通っている、なつかしい「生きた文学」なのです。

古典を味わう最良の方法とは？

だから、区々《くく》たる文法や、細々《こまごま》とした知識のみ授けて事足れりとするのでなくて、まずは作品のもっともおもしろいところ、もっとも切実な感情の感じられるところ、文章の美しいところ、そういう部分を取り上げて、そして古典文学をまず「楽しんでもらう」というところから始めなくてはなりません。

具体的には、そこがどんなにおもしろいか、先生たちが心をこめて物語ることから始めたい。同時に、朗々と美しいリズムと音声で読んで聞かせることも必要です。

さらに、一つ一つの場面について、あたかも映画の場面を語り聞かせるように、具体的なイメージを与えながら、説き明かしてやることがなにより大切です。

そういう行きかたをずっと継続していくなかで、おそらく文法などは自然と身についてくるものだと私は思います。それが母語というものの、ありがたい性格なのです。私自身も、高校時代以来、ろくに文法などは勉強しなかったけれど、その後古典文学を読むのには特に不自由はしませんでした。それぞれの作品にはちゃんと注釈のついている本もあれば、軽便な辞書もあるからです。

とにもかくにも、もっとも大切なのは「知識」ではなくて、「味わうこと」です。しみじみと心に思い浮かべて、古典の楽しさおもしろさを味わうことです。

急いで読む必要はまったくありません。

分からないところは注釈書でも繙《ひもと》きながら、あるいは手元に古語辞典、簡便には、電子辞書でも置いてちょいちょいと引きながら、のんびりと読み進めていったらいいと思います。

そういうスローリーディングといいましょうか、じっくりとおいしい食べ物でも味わうように、古典はすみずみまで味読したらいいのだと思います。

古典は美しい日本語の宝庫

ところで、古典のさまざまな作品のなかには、たとえば『平家物語』『曾我物語』

などのように音読してその文章表現の音楽的な美しさ、描写の表現の妙などを味わうべきものもあれば、世阿弥の『風姿花伝《ふうしかでん》』のように、その論理の透徹、思想的な深みを味わうべきものもある。

あるいは『源氏物語』のように、描かれている場面や登場人物の心理の綾までじっくりと時間をかけて読み解いて、イメージを思い浮かべ、その作品のなかに入り込んで味わいに味わうことのできる名品もあります。

また和歌や俳句のように、短い表現のなかに奥深い世界が読み込まれていて、あたかも冷凍された美味をじっくり解凍して楽しむような気味のものもあります。

しかもこれら古典文学は、日本語の美しさを凝縮しつくしたものなので、こういう世界を知ることは、ただ楽しいおもしろいだけでなくて、結果的に自分の語彙を豊富にし、物を書くときの表現力をつけるのに役立ちます。

日本古典文学というのは、かくのごとくいろいろな意味で豊かな世界ですから、それこそ多種多様な楽しみかた、おもしろがりかたがあって当然です。

先ごろ、私は『すらすら読める土佐日記』という本を書きました。『土佐日記』は、私の専門分野ではないので、高校以来それほど真剣に読んだこともなかったのですが、この本を書くに当たって、もういちど詳しく、そしてつくづくと味わいながら読んでみました。

すると、思いがけないくらい、この作品はおもしろいということを思い知りました。ああ、今までこのおもしろさを知らずにいたのは残念だった、とそんなふうにも思いました。

たとえば、そのいちばん最後のところ、紀貫之自身がモデルだと思われる前土佐守が、幾多の困難を凌《しの》いで、ようやく京の邸に帰り着くところを読んでみましょう。

夜更《よふ》けて来《く》れば、所々《ところどころ》も見へず。京に入《い》りたちて嬉し。家に到りて、門《かど》に入《い》るに、月明《つきあか》ければ、いとよく有様《ありさま》見ゆ。聞きしよりもまして、言ふかひなくぞ毀《こぼ》れ破れたる。家に預けたりつる人の心も、荒れたるなりけり。中垣《なかがき》こそあれ、一つ家のやうなれば、望みて預かれるなり。さるは、便りごとに物も絶へず得《え》させたり。今宵《こよい》、「かゝること」と、声高《こわだか》にものも言はせず。いとは辛《つら》く見ゆれど、志《こころざし》はせむとす。

さて、池めいて窪まり、水漬ける所あり。ほとりに松もありき。五年六年《いつとせむとせ》のうちに、千年《ちとせ》や過ぎにけむ、かたへはなくなりにけり。今生《いまお》ひたるぞ交《まじ》れる。大方のみな荒れにたれば「あはれ」とぞ人々言ふ。思ひ出でぬことなく、思ひ悲しきがうちに、この家にて生まれし女子《おんなご》の、もろともに帰らねば、いかゞは悲しき。

当時国守は夜に帰京するのが習わしだったらしい。この夜は皓々《こうこう》たる名月であったとその直前に書かれています。だから夜更けだからとて「所々も見へず」というはずはないのですが、これは、おそらく「帰心《きしん》矢のごとし」という案配で、ろくになにも目に入らなかった、というのであろうと思います。さて、その次です。

かくていよいよ京に入り立った。

うれしさがよく伝わってくる書き方です。で、家に着いて、門をくぐると、「月が明るかったので、なにもかも良く見えた」というふうに書いてあります。このことを印象づけるために、その直前に「所々も見へず」と強調しておいたのかもしれません。

ところが、その月光のもとに見えわたったなつかしい邸は、なんともかんとも言いようのないほどに荒れ果てていた、というのです。

じつに、見事な行文です。まるで溝口健二の映画でも見ているような印象的な場面ではありませんか。真っ暗な京の町を疾走して、やがて家居が見えてくる、門をくぐる、さーっと月光が射してなつかしい景色が眼前一杯にひろがる、と、それが荒れ果てている、とこういう展開です。

そうして、この荒れ果てた庭の池のほとりには、かつて松がたくさん生えていたのに、なぜか半分は枯れてしまっている。そういう寂しい情景が、この家で生まれて、しかし土佐から帰国直前にかわいい盛りで急死してしまった末娘のことを想起させるのです。落莫《らくばく》たる庭の景色、そこに、かつてかわいらしく元気だった娘のイメージがダブってきます。これもまたすばらしい描写です。

こんなふうに、日本最古の日記文学『土佐日記』でさえ、目前のことのように生き生きと読むことができます。そうすると、私はああなつかしいなあという思いにかられます。これが日本の古典のおもしろさなのです。そこをすこしは感じていただけたでしょうか。

古典を読むと、豊かな表現力が身につく

さてさて、私の、日本語についての講釈も、そろそろ終わりが近づいてきました。最後に、今回の話の締めくくりとして、私がもっとも愛してやまない『平家物語』のなかから、先にちょっと述べた「忠度都落」の一節を朗読してみたいと思います。

忠度《たゞのり》都落《のみやこおち》

薩摩守忠度《さつまのかみたゞのり》は、いづくよりやかへ《(帰)》られたりけん、侍《さぶらい》五騎《き》、童一人《わらわいちにん》、わが身《み》ともに七騎《き》取《と》ッて返《かへ》し、五条三位俊成卿の宿所《ごでうのさんみしゆんぜいのきやうしゆくしよ》におはして見給へば、門戸《もんこ》をとぢて開《ひら》かず。「忠度《たゞのり》」と名《な》のり給へば、「おちうと《落人》帰《かへ》りきたり」とて、その内《うち》さは

ぎあへり。薩摩守馬《さつまのかみむま》よりおり、みづからたからかにの給《たまい》けるは、「別《べち》の子細《しさい》候はず。三位殿《さんみどの》に申《もうす》べき事《こと》あッて、忠度《たゞのり》がかへりまゐッて候。門《かど》をひらかれずとも、此《この》きはまで立《たち》よらせ給へ」との給へば、俊成卿《しゆんぜいのきやう》「さる事《こと》あるらん。某《その》人ならばくるしかるまじ。入れ申せ」とて、門《かど》をあけて対面《たいめん》あり。事《こと》の体《てい》、何《なん》となう哀也《あわれなり》。薩摩守《さつまのかみ》の給ひけるは、「年来《としごろ》、申承《まうしうけたま》ッて後《のち》、おろかならぬ御事《こと》に思ひまゐらせ候へ共《ども》、この二三年《ねん》は、京都《きやうと》のさわぎ、国々《くにぐ》のみだれ、併《しかしながら》当家《たうけ》の身《み》の上《うへ》の事《こと》に候間《あいだ》、疎略《そらく》を存《ぞん》ぜずといへども、常に参りよる事《こと》も候はず。君既《きみすで》に都《みやこ》を出《いで》させ給ひぬ。一門《もん》の運命《うんめい》はや尽き候《さうらひ》ぬ。撰集《せんじゆう》のあるべき由《よし》承《うけたまはり》候《さうらひ》しかば、生涯《しようがい》の面目《めんぼく》に、一首《しゆ》なり共《とも》、御恩《ごをん》をかうぶらうど存《ぞん》じて候しに、やがて世《よ》のみだれ出できて、其《その》沙汰《さた》なく候条《じよう》、たゞ一身《しん》の嘆《なげき》と存《ぞんず》る候《ざうらう》。世しづまり候《さうらひ》なば、勅撰《ちよくせん》の御沙汰《ごさた》候はんずらむ。是《これ》に候巻物《まきもの》のうちに、さりぬべきもの候はば、一首《しゆ》なりとも御恩《ごをん》を蒙《かうぶ》ッて、草《くさ》の陰《かげ》にてもうれしと存《ぞんじ》候はば、遠《とを》き御《おん》まもりでこそ候はんずれ」とて、日比読《ひごろよみ》おかれたる歌共のなかに、秀歌《しうか》とおぼしきを百余首書《かき》あつめられたる巻物を、今はとてうッたゝれける時、是をとッてもたれたりしが、鎧《よろい》のひきあはせより取出でて、俊成卿に奉る。三位是をあけて見て、「かゝる忘れがたみを給《たまわり》おき候ぬる上は、ゆめ〳〵疎略《そらく》を存ずまじう候。御疑《うたがい》あるべからず。さても唯今《ただいま》の御わたりこそ、情《なさけ》もすぐれてふかう、哀《あわれ》もことにおもひ知られて、感涙《かんるい》おさへがたう候へ」との給へば、薩摩守悦《よろこび》て、「今は西海《さいかい》の浪の底にしづまば沈め、山野《さんや》にかばねをさらさばさらせ。浮世《うきよ》に思ひおく事候はず。さらばいとま申《もうし》て」とて、馬にうち乗り、甲《かぶと》の緒をしめ、西をさいてぞあゆませ給ふ。三位うしろを遥《はるか》にみをくッて、たゝれたれば、忠度の声とおぼしくて、「前途《せんど》程《ほど》遠し、思《おもい》を雁山《がんさん》の夕《ゆうべ》の雲に馳《はす》」とたからかに口ずさみ給へば、俊成卿、いとゞ名残《なごり》をしうおぼえて、涙をおさへてぞ入《いり》給ふ。

こういうところ、かならずその情景を具体的イメージとして思い浮かべながら、そして忠度が遠くで朗詠している「前途程遠し……」の声の調子までも、自分なりに想像しつつ味わって欲しいのです。

こんなふうにして、古典というものに日ごろから親しんでおくと、そのなかに自分の日本語を豊かにしてくれる多くの語彙や、また描写のヒント、あるいは日本の人情や風景の美しさなどがたくさん含まれています。それらを心のなかに蓄えておくことは、文章を書くときに、おおいに役に立ってくれます。深みのある文章を書くためには、できるだけ多くの語彙を自分のものにしておかなくてはなりません。

その多くの語彙の引き出しのなかから、いま目前の景色や人情などにもっとも合致するものを選び出して、適切に使っていく、それが結局文章を美しく豊かにするための近道なのです。

ちょっと遠回りのようですが、ぜひ古典文学に親しんで、その豊潤な世界を自分の心に移植してください。生半可《なまはんか》な外国語や借りものの知識でなくて、日本古来の古典文学によって、自分の日本語を豊かなものにしていただきたい、そう願いつつこの長講釈を終わることにいたします。

引用文献一覧

『剣客商売九　待ち伏せ』池波正太郎　新潮文庫
『幼年時代』谷崎潤一郎著　岩波文庫
『徒然草』新潮日本古典集成、一九七七年、新潮社
『土佐日記・かげろふの日記・和泉式部日記・更級日記』日本古典文学大系20、一九五七年、岩波書店
『平家物語上・下』日本古典文学大系32・33、一九五九年、岩波書店

＊引用文の原典の仮名遣いおよび振り仮名は、一部、現代仮名遣いに改めたところがある。

本書は、『ＮＨＫ知るを楽しむ　日本語なるほど塾』（二〇〇六年二月、日本放送協会発行）の「リンボウ先生の手取り足取り書き方教室」を大幅に加筆し、編集したものです。

林　望（はやし　のぞむ）

1949年東京生。作家・書誌学者。慶應義塾大学文学部卒、同大学院博士課程修了。学位、文学修士。ケンブリッジ大学客員教授、東京藝術大学助教授等を歴任。専門は日本書誌学・国文学。『イギリスはおいしい』で91年日本エッセイスト・クラブ賞、『ケンブリッジ大学所蔵和漢古書総合目録』で92年国際交流奨励賞、『林望のイギリス観察辞典』で93年講談社エッセイ賞を受賞。学術論文、エッセイ、小説の他、料理、能、自動車、古典文学等幅広く執筆し著書多数。また勝又晃、田代和久氏らに師事して声楽を学び、バリトン歌手としても各地で活動する傍ら、新しい日本歌曲の創造のために、佐藤眞、伊藤康英、野平一郎、上田真樹等の作曲家に歌曲のための詩を提供、合唱曲、校歌、社歌、市歌などの作詩も多く手がけている。また観世流能楽の実技と理論を津村禮次郎師に学び、新作能『仲麻呂』『黄金桜』等を創作。国立能楽堂ほか各流能楽公演に際しての解説講演も多い。最新刊『薩摩スチューデント、西へ』（光文社）、『ついこの間あった昔』（弘文堂）『新個人主義のすすめ』（集英社新書）。HP www.rymbow.com

文章の品格

2008年11月１日　初版第１刷発行
2008年12月10日　初版第２刷発行

著　　者　林　望

発 行 者　原　雅久

発 行 所　朝日出版社
東京都千代田区西神田3－3－5
〒101-0065　電話03-3263-3321

印刷・製本　凸版印刷株式会社

編集担当：仁藤輝夫　校正：中島海伸

未来への地図
新しい一歩を踏み出すあなたに

星野道夫 著・写真
ロバート・A・ミンツァー 訳

明日への勇気が湧いてくる魂のメッセージ
温かな心と大きな夢を持ってアラスカに生きた写真家・星野道夫が、進路に迷う若者たちへ捧げた、明日への勇気が湧いてくる魂のメッセージ。日英バイリンガル版。オーロラ、カリブー、アザラシの親子、ホッキョクグマなど、珠玉の写真満載。解説：柳田邦男。

定価1260円
（本体1200円＋税）

ムーンライト・シャドウ

よしもとばなな
訳＝マイケル・エメリック　絵＝原マスミ

愛と別れを描いた青春小説の名作を
日英バイリンガルで！
愛する人との出会い、そして別れ。味わったことのない孤独、底なしの喪失感に苦しむ主人公は未来に向かって歩き出す。

定価1344円
（本体1280円＋税）

クヌギおやじの百万年

工藤直子　今森光彦・写真

耳をすましてごらん
生き物たちの歌が聞こえてくるよ
雑木林の長老〃クヌギおやじ〃が語る草、花、虫、鳥、風たちの詩と、命の息吹を感じる木々や生き物たちの写真が奏でる里山絵巻。子供も大人も、必読の1冊。

定価1300円
（本体1238円＋税）